BOUTADE

PROVINCIALE,

PAR L'AUTEUR D'UN ROMAN TOMBÉ.

Primum ego me illorum, dederim
Quibus esse poetas, excerpam numero.
(Hor.)

BAR-SUR-AUBE,

Typographie et Lithographie de Mme Jardeaux-Ray.

1853.

BOUTADE PROVINCIALE.

BIBLIOTHÈQUE IMPÉRIALE IMPR.

Numquid vis? occupo. At ille, nôris nos,
Inquit; docti sumus. (HORACE.)

Depuis longtemps, Méry, je brûle de médire ;[1]
Cède-moi pour un jour le fouet de la satire,
Je veux venger ma chute; ils ont ri de mes vers,
Vive Dieu! voilà droit à mordre les pervers.
On m'avait ennuyé, la faute était légère,
C'est un droit d'écrivain, j'étouffai ma colère;
Mais arrêter la gloire accourant à grands pas!
Mais replacer mon nom sous la loi du trépas!
Oh! c'est plus qu'il n'en faut pour mériter ma haine,
Et chasser la pitié qui retenait ma veine.

C'est pour gagner ma vie et l'immortalité,
Qu'un jour, prenant pour guide une célébrité,
Je fis un beau roman : sauvé sans les critiques!
Mais ces chiens me tiendront aux vîtres des boutiques,

---

[1] Méry tient une place à part dans la littérature. Il n'est exactement *ni des uns ni
des autres*; son talent souple le met hors-ligne; d'ailleurs, il *fut* satirique : voilà pourquoi
je m'adresse à lui.

Cependant qu'à mon maître ils font gagner son pain,
Vendant à beaux deniers ses longs rayons sans fin!
Ah! comme toi, Méry, si je savais médire!....
Aussi fort que je hais, que ne puis-je maudire!....
Non, jamais, plus de fiel n'inspira tes discours.

Viens seconder ma voix, j'implore ton secours,[1]
Emblème du penseur, lumineuse traînée,
Savant point, docte ligne au bureau façonnée,
Toi qui peux changer seule en profonds les plus sots,
Viens : de mes vers malins tu dois flanquer les mots.
Tu vis le jour d'abord pour orner le grand-livre,
Mais, fille du caissier, il te fallut le suivre
Du fond des magasins au sommet d'Hélicon;
Rends grâce avec Arsène à Révolution,
Sans elle, deviez-vous?..... Pardon, je te révère,
Il me siérait trop mal de me montrer sévère,
Quand à chaque moment j'aurai besoin de toi,
Quand au bout de ce vers je puis me trouver coi
Tout comme un autre : alors, dis plus que je ne pense
Et sois le complément de mon intelligence.
Parle à tous mes lecteurs, selon leur bon plaisir;
Ton vide est carrefour, où chacun peut choisir.

J.... bornait tous ses mots, il constellait sa page;
Chaque phrase est un bout retiré du carnage;
Dieu sait ce qu'il gagna..... sa statue aux Français [2]
Des cinq points alignés consacre les succès.

---

[1] Depuis quelque temps, les points suspensifs jouent un immense rôle dans le sublime; on en met partout. On est tout étonné, quand on achète un ouvrage du jour, de se trouver trompé sur la nature de la marchandise : on attendait au moins des lettres.

[2] Au Théâtre Français.

Mets donc aussi des points si tu veux qu'on te loue,
Plutôt que d'inhumer nos penseurs dans ta boue,
Sublime Grimalkin. Il prend à tout carton,
Il frappe chaque ouvrage, il fouille à chaque mine ;
Et les lambeaux épars décorent le larron,
Comme un flocon de laine embellit une épine.
Si tu cherches l'honneur, immortel écrivain,
Tu n'as pas rançonné ces grands hommes en vain :
Exemple à nos neveux, ton nom, bon pour mémoire,
Dans les feuillets souillés du livre de la gloire,
Parmi tous les larrons se place au premier plan :
Telle entre les gibets la potence d'Aman.

Je suis déjà bien loin, j'entre vite en matière,
Pour fouetter un Perrault, il ne faut qu'un Linière ;
Qu'ai-je besoin de style avec un tel ramas :
Des Souliers, des Sandeaux, des Sands et des Dumas !
Il ne faut que du fiel : pour flétrir leur image
Cette fois seulement j'emprunte leur langage,
Et garde mes couleurs pour peindre de beaux traits.
Sont-ils plus délicats, ces milliers de portraits
Qui garnissent les bans des halles littéraires ?
Sur un rayon courbé, voyez ces gros mystères,
Dont le dos en rubans, le feuillet écorné,
Disent qu'ils ont au maître acquis plus d'un dîné ;
Eh bien ! c'est leur ouvrage ? Oh ! vous pouvez en prendre.
Moins cher que l'antimoine on pourra vous les vendre,
Le commerce en fait tant ! Juste punition,
En te propageant, Sie, on avilit ton nom !
Tu ne les fis, c'est vrai, que moyennant salaire ;
Mais faut-il donc pour vivre, ô géant littéraire,

Dire autant de fadeurs qu'en vendit Charpentier?
Que tu ferais bien mieux, si, quittant ce métier, [1]
Chaque jour au Barbou qui te tient à ses gages,
Apportant tes deux mains au lieu de tes vingt pages,
Tu voulais composer sous de bons correcteurs!
Il est plus d'écrivains que de compositeurs,
Ton gain serait plus fort, et sans chauffer ta bile
Aux *citoyens amis* tu deviendrais utile. [2]

Assez d'autres sans lui souilleraient les cerveaux,
Quelle voix de torrent, quel bruit de grandes eaux! [3]
Écoutez et voyez! que de harpes tendues!
Qui pourrait les compter? Que de femmes perdues
Vont d'une voix traîtresse, aguerrie aux mépris,
Pourchasser la pudeur dans les coins de Paris.
Dunat est le fermier de cette infecte bande,
Et l'article morale est fait sur sa commande.
Ce grand homme à la troupe, ainsi qu'à ses commis,
Ouvre un crédit d'honneur sur les journaux amis,
Escroque du public des titres de génie,
Et la baguette en main enseigne l'harmonie.
Oui, grand homme, après tout, chef digne du troupeau,
Les romans tout reliés sortent de son cerveau :
Roman humanitaire ou bien philosophique,
Historique ou de mœurs, roman diabolique,
Romans pour tous les goûts. Avis à nos docteurs;
Tout en fait son profit jusqu'aux empoisonneurs. [4]

---

[1] Soyez plutôt maçon, si c'est votre talent. (BOILEAU.)

[2] Trebati, quid faciam præscribe?
                    Quiescas.

[3] Et audivi vocem de cœlo, tanquam vocem aquarum multarum , etc. *Apocalypse*, cap. XIV, 2.

[4] « Supposez donc, reprit Monte-Christo, que ce poison soit de la brucine, et que vous » en preniez un milligramme, etc., etc. Au bout d'un mois, vous tuerez la personne qui

Accourez, Brinvillers, appelez à votre aide
Monte-Christo, le riche; il n'est pas de remède
Aux poisons qu'il nous donne, aux recettes qu'il vend;
Vous n'aurez pas ailleurs aussi précieux onguent.

    C'est trop nous infecter : ô toi, grenouille impure,
Esprit du grand Duna, rentre dans ton ordure!
A la face du jour, des reptiles hideux
Ont dans de longs écrits bavé leurs cœurs fangeux.
Que de monstres sont nés de ces venins perfides!
Que de Sands imparfaits, de Dunas chrysalides!
Rongez, larves, rongez, courage et bon espoir;
Vous rampez ce matin, vous planerez ce soir;
De votre secte un jour vous deviendrez colonnes,
Et l'immortalité tient déjà vos couronnes.
Allons, géants futurs, grossissez les recueils,
Il est au Panthéon des caveaux sans cercueils;
Les houris de la gloire, avec impatience,
Voudraient vous voir quitter votre robe d'enfance,
Et lasses de Duna, de Karr et de Gauthier,
Aspirent aux baisers d'Alphonse et Cuvillier.
Que d'esprit en roman, quelle féconde mine!
Qu'avec gloire un buisson étale ses épines!
La terre généreuse en moindres quantités
Nous offre ses cailloux et ses aspérités.
Adieu, mon beau roman, mieux vaut que tu périsses;
Côte à côte avec eux! Je choisis les épices.

Créés pour notre bien, mais tombés dans l'erreur,
Du monde qu'ils charmaient devenus la terreur,

» aura bu la même eau que vous sans vous en apercevoir : voilà comme travaillent les
» gens adroits. »
    Du reste, voyez l'Instruction complète au chapitre *Toxicologie,* chap. 52.

Trois démons parmi nous enseignent l'infamie :
La lyre, le roman et la philosophie.
Malheur à celui qui, trompé sur leur dessein,
A nourri son esprit de leur impur venin.
Quelque choix qu'il ait fait, la suite en est funeste ;
Tel entre trois fléaux David choisit la peste!
Grâce à Dieu, déjà l'un a perdu son crédit.

Sur un tas de Pascals que son poids aplatit,
Cléon tombé se roule. « Ah! dieux, mes pauvres sages,
« Comme on les méconnaît après tous mes ouvrages! »
Ils n'ont plus leur bon sens, fallait-il le ravir?
Enfoui dans ton œuvre à quoi peut-il servir?
Tu les as pour un temps privés de la lumière,
Et nul ne secoura leur antique poussière
Avant l'heure où, rongé par les vers et les ans,
Ton livre à tant d'auteurs rendra ses éléments.

Cléon est déjà mort et la secte succombe;
A peine un restera pour prier sur la tombe :
Le cadavre aux vautours; brisons sur leur passé
Et respectons en eux l'écrivain trépassé.

Mais la lyre est prospère et n'a point passé l'âge, [1]
Malgré tous les baisers restés sur son visage;
Brillante d'écarlate et de perles et d'or,
Parmi nous sur son trône elle se montre encor.
Que d'amants elle enchaîne et tient sous son empire!
Pétrarque du progrès Lucilius soupire;
Eugène alambiquant ses vers harmonieux
S'élève en ses concerts par delà tous les cieux.
L'un esquisse entre un somme un grand poème épique,
L'autre fait dans un rêve un beau drame historique;

---

[1] Et mulier erat circumdata purpurâ et coccino, etc. *Apoc.*, cap. XIV, — 4.

Haï du monde entier, Jule échappe au néant,
Et Paul Anacréon fait une ode en fumant.
Vers les plus grands honneurs la courtisane guide;
Aux jeux de Melpomène Aufidius préside;
Peut-être, dira-t-on, que sa vile chanson
S'est toujours accolée au premier écusson,
Qu'il porte l'aiguillette : aucun Français n'en doute,
Mais qu'il rampe ou qu'il marche, en fait-il moins sa route?
Pour mieux être aperçu, Black s'est mis tout en deuil;
Plus triste que la lampe au chevet d'un cercueil
Il ne veut éclairer qu'une agonie, un râle,
Le mourant qui se tort ou le cadavre pâle;
Et Jézabel en drame excellant à prêcher,[1]
Dans la fange avec elle invite à se coucher.

Concours aussi Dipsa, ton entreprise est belle;
Pour guide au débutant s'offre plus d'un modèle,
Dans les chemins battus conduis ton plat coursier,
Va poursuivre la gloire à grands coups d'étrier;
Va te joindre au troupeau des fils de l'harmonie;
Prends soin de leur offrir la fleur de ton génie,
Et tu verras pleuvoir honneurs, emplois, amis,
Et tu seras payé comme on paie un commis,
Puis enfin et pour comble enrôlé dans la bande,
Qui pourra t'attaquer qu'un d'eux ne te défende?

Oui, tu cours à l'honneur et moi vers le néant!
La faute en est à toi, critique, affreux serpent,
Démon qui te nourris de débris d'espérances,
Ricanant sur l'espoir qui calme nos souffrances.
Je suis sans intérêt, sans grâces, sans esprit,
Je n'ai point ce qu'il faut pour vivre d'un écrit,

[1] Sed habeo adversus te pauca quia permittis mulierem Jezabel quæ se dicit propheten, etc. *Apoc.*, cap. II, — 20.

Mais des héros du siècle imitateur fidèle,
Dans l'amas des Dumas j'ai choisi mon modèle;
Je suis audacieux, prêcheur et libertin,
Et ce n'est point assez? Que faut-il donc enfin?

« Vous, génie et talent, traditions usées,
» Vous n'êtes que vains mots et que billevesées.
» Littéraires tyrans qu'a brisés le progrès,
» Vous pouvez d'un G.. H... exciter les regrets,
» Vous n'aurez pas les miens. Oui tous, tant que vous êtes,
» Croyez-le fermement et vous serez poètes.
» C'est la féconde foi, la foi des temps jadis,
» Qui nous monte au Parnasse ainsi qu'au Paradis.
» Il naît peu d'écrivains, disait l'école ancienne,
» Attendons pour lutter qu'Apollon nous soutienne.
» Si Pégase est rétif que sert de le lier?
» Cramponné sur sa queue est-on cavalier?
» Mais nous sommes égaux, arrière ces maximes,
» Donnant au petit nombre argent et gloire et rimes;
» Nous disons, nous, croyez, et vous aurez bientôt
» Autant d'extravagance et d'amis qu'il en faut,
» Nous marchons au progrès tout comme *en politique*,[1]
» Vous êtes éteignoirs et je vous fais la nique.
» Ces auteurs aristos, gonflés de revenus,
» Ecrivaient par plaisir ou pour être connus;
» La gloire ou l'amour seuls leur inspiraient un livre,
» Ils vivaient pour rimer et nous rimons pour vivre;
» C'est bien plus populaire. Il faut être ouvrier
» Pour *arriver au but*, à chacun un métier;[2]

[1] Leur politique à eux Républicains.
[2] Au but des Républicains : *Bien-être universel.*

» Plus de tête à caprice : ayez tant par semaine,

» Et faites sous Dumas un livre à la quinzaine.

» Gloire dans le travail, et pour les travailleurs,

» Nous pensons franchement qu'il n'en est point ailleurs ;

» Aussi nous a-t-on vus, dans nos grandeurs passées,

» Signer avec orgueil : *ouvriers des pensées.* [1]

» Voilà qui peut prouver à nos petits-neveux

» Le bon sens, la candeur, l'esprit de leurs aïeux.

» Encore un dernier mot : ce géant littéraire,

» Dumas qui pourrait seul occuper un libraire,

» Selon le vieux système aurait-il tant écrit.

» Non, vos aveugles lois entravaient trop l'esprit »

    Ainsi parle un des leurs, héros socialiste,

Sot flatteur dédaigné, par dépit anarchiste,

Et qui même aujourd'hui, malencontreux hibou,

Malgré l'astre éclatant n'a pas rejoint son trou,

Ne sont-ce que vains mots? ou bien ce grand critique

A-t-il passé de mode avec la République?

Ecrivain renommé, l'oracle du bon ton,

Ses arrêts par extraits timbraient le feuilleton.

Un autre a-t-il sa place? est-il au bout du rôle?

Jeûnez-vous, jouvenceaux formés à son école?

    Esprit faible et crédule, un jour en l'écoutant

Je me suis dit de même à quoi sert le talent?

Et me croyant aussi pâture à renommée,

Je mets sur le tapis ma fortune imprimée ;

Jeûnant pour le présent, vivant dans l'avenir,

Laissant au Dieu des lis le soin de me vêtir,

Je marche sans flairer le vieux sang sur la terre.

Mais la douce critique a changé de manière,

---

[1] Chacun a vu ces Messieurs du Gouvernement provisoire et leurs émules se qualifier : *ouvriers de la pensée, par popularité.*

Je l'ai vue en furie, avec un air moqueur,
Insulter mon idole et déchirer mon cœur.
Je cesse de me plaindre; assez d'autres victimes
Maudiront ce grand chef et ses belles maximes;
Par l'école-progrès assez d'autres séduits,
Ont dû pleurer aussi leurs songes évanouis !
Pour un sot Chapelain qui sur le mont se hisse,
Combien de sots Deschamps dont le pied boiteux glisse!
Aujourd'hui, je l'avoue, il est plus d'un fripon
Qui sans le moindre esprit a volé du renom,
Mais grâce à la gazette; enrôlés dans la bande,
C'est qu'ils n'avaient jamais écrit que sur commande.

Ecoutez, aspirants à la célébrité :
Vous cherchez le bonheur dans l'immortalité,
Vous voulez être grands, est-ce donc si facile?
Est-on grand pour avoir, dans un accès de bile,
Comme autrefois Balzac flétri tous les maris,
Ou pour avoir pu faire une émeute à Paris?
Est-on grand pour jouir des gazettes publiques
Et d'une large place aux vîtres des boutiques?
Pour charger son cachet d'une lyre ou de fleurs?[1]
Comme on dit mon barbier, dire mes éditeurs?
Est-on grand pour avoir nombreuse clientèle,
Et du comptant d'acquis? Sur la liste immortelle,
Vous eussiez vu Dumas inscrit l'un des premiers,
Si l'argent d'un libraire achetait des lauriers.
Est-on grand pour avoir, dans un commerce infâme,
Feuille à feuille vendu son honneur et son âme?
Encor, je le veux bien, vous avez jusqu'aux cieux
Étendu votre gloire, êtes-vous plus heureux?

---

[1] Quel est l'écrivain qui n'a pas son cachet armorié? armes parlantes : des plumes, des lyres, des anges, etc., etc.

Trouve-t-on le bonheur en se couvrant d'un lustre?
Ah! que d'infortunés avec un nom illustre
Ont maudit leur destin! Répondez dans l'exil,
Tasse, Dante, Byron? Lamartine, faut-il,
Pour trouver le repos, rechercher la lumière
Et montrer sa poitrine à notre race entière?
A tes jours de bonheur, à toi je fais appel,
Dis si l'on est heureux quand on est immortel?

Ah! si la gloire pure est si terrible et lourde,
L'autre qu'est-elle donc, l'autre gloire qui sourde
Du fond des passions, de l'égoût de nos maux?
Pour une éternité, quels fatigants manteaux, [1]
Vos manteaux éclatants, ô gitons littéraires!
George, Alexandre Paul, fabricant de mystères,
Tous ces noms qu'a le crime au néant disputé,
Tomberont lourdement sur la postérité!
Siècle impie! on les lit; ils ont trouvé des âmes
Tressaillant de plaisir à leurs accents infâmes;
D. M. et ses commis sont jour et nuit ouverts,
De leur langage impur les prie-dieu sont couverts,
Leurs feuillets sont ternis, tandis que Lamartine,
Serré par livraisons est couché sur Racine
Dans ces gouffres poudreux, tombeaux des immortels.
Gilbert est sans statue et George a des autels!
Siècle infâme! quoi, nul n'écrasera leurs plumes!
De crimes, de forfaits, de romans, de volumes,
Si chaque été nouveau fournit ses contingents,
Paris et le destin sont tous les deux contents.
Puis on ose crier à l'oreille étonnée
Que d'hier tout au plus la poésie est née.

---

[1] O in eterno faticoso manto. (DANTE.)

O novateurs! sans doute, adorable en naissant,
Elle avait la pudeur d'une vierge enfant,
Et sous vous des Laïs tout a pris le langage;
C'est manque de pudeur, cet effronté courage.
Laisse, ils sont déjà vieux, ils passeront demain,
Et leur dernier volume est sorti de leur main,
Peut-être; laisse, attends, rien que la mort les dompte,
Quand l'Éternel les fit, il oublia la honte.

Si d'autres seulement ne leur succédaient pas!
Mais Dumas est déjà remplacé par Dumas;
George voit ses enfants doubler ses paragraphes,
Et l'on a déjà mis tout Sie en épigraphes.

Gardez-leur vos lauriers, je cherche le repos,
Il manque à mon bonheur bien plus que des bravos;
Gardez tous vos lauriers, et payez tous leurs crimes;
Il faut toutes vos fleurs pour cacher leurs victimes,
Moi je cherche autre chose..... Il m'aurait été doux
D'adorer la Muse, oui, mais je suis trop jaloux.
Sa bouche pour trouver de sincères hommages,
Essuya la sueur de trop d'affreux visages;
Qu'elle aille d'un P..F... exciter la pitié,
Car pour moi je la hais comme un habit souillé.
Non, plus d'illusion, ils l'ont trop polluée.
Je le sais, avant eux on l'a prostituée;
Mais, rajustant sa robe et relevant son sein,
Elle eût pu sembler vierge à l'innocente main,
Au jeune amant encore au sortir de l'enfance,
Heureux de se tromper pour croire à l'innocence.
Mais plus d'illusion; ils ont, de notre temps,
A de trop vils mortels prodigué leur encens.
Autour d'un sot pouvoir formant d'avides haies,
Des lépreux sociaux ils ont léché les plaies!

Puis sur l'autel souillé plaçant Napoléon,
Sans purifier leur bouche ils murmurent ce nom.
La muse est vile, hélas! Méprise un tel hommage;
L'infâme a tout loué, sa louange t'outrage.
Pour toi fais-la renaître avec de nouveaux cœurs;
Relève le poète en purifiant nos mœurs,
Afin que dans son œuvre un jour on te contemple :
Est-ce à des bras souillés de t'élever un temple?

Détestable progrès! Tout combat le bon sens;
J'invoque un remède, oui, les cris sont impuissants :
Chacun, pour se hisser, roman sur drame entasse,
La gloire à deux genoux demande en vain sa place,
Une lèpre hideuse a souillé les esprits,
Un affreux champignon couvre aussi les écrits;
Tout bon livre a son ver qui le ronge et le mine;
Déjà le drame en prose a dévoré Racine,
Lafontaine a pâli, l'art poétique est mort,
Dans l'antre Richelieu Corneille attend son sort;
On les a lus longtemps, la mode en est usée,
Sandos est aux Français et Molière au Musée.
Le progrès les dépasse et les a transformés
En indignes bouquins, ces auteurs renommés;
La scène les proscrit. Si ce pilier déclare
Que nous aurons ce soir Polyeucte et l'Avare,
C'est l'Avare embelli pour être supporté,
C'est Polyeucte au moins par Arsène augmenté.
La pompe de Corneille et tout l'art de Molière
Ne sauraient réveiller notre docte parterre;
Quel progrès en cent ans! Grâce aux petits Hugos,
Nos acteurs, tous Français, parlent en Visigoths.
Ecoutez : votre maître a bravé l'harmonie,

Mais on passe l'erreur en faveur du génie :
Pour Hugo les lauriers et pour vous des chardons!
Comme on voit par milliers tomber les moucherons,
Quand le roi des étés qui souffre en son empire
Cet insecte ennuyeux, des insectes le pire,
A ses autres sujets va donner les beaux jours,
De même votre règne aura fini son cours,
De même l'on verra périr votre mémoire
Quand ce chef, emportant son école et sa gloire,
Ne rayonnera plus sur vos fronts muets et nus.
Oh! comme ils périront ces larrons trop connus,
Satellites obscurs des astres littéraires,
Ces auteurs suppléants. Que d'honneurs éphémères!
Lamartine est malade, et que m'importe à moi?
Barde, tu peux mourir, vingt écriront pour toi.

Tu périras aussi, me réplique un moderne
Qui sous tous les rayons a porté sa lanterne;
Partisan du progrès, critique révéré,
Qu'il imprime ou qu'il prêche, en tout temps admiré,
Jeune et faible serpent que prétendrais-tu faire?
Contre tant d'ennemis tu n'as que ta colère.
Tu vas, maigre docteur, te donnant au bon sens,
Remplir les rangs sans fin des prêcheurs impuissants.
Va, crois-moi, c'est folie, et la rage d'écrire
L'emportera toujours sur celle de médire :
D'abord, seras-tu lu? — Tout se lit ici bas,
Autrement d'imprimer nos Barboux seraient las.
Eh bien! voyez Michel, il imprime, il imprime,
Chaque jour son caissier inscrit un nouveau crime :
A-compte sur Cappê, le vingt-cinq, donné tant.....
Lisez ce très-cher livre, ai-je moins de talent?

— Je le veux, on lit tout; tes sottes épigrammes
Iront de mains en mains jusqu'aux faiseurs de drames;
Mais, du haut de Paris, crois-tu qu'on t'avoura?
Blasphémateur obscur, le mépris te tura.
— Je me tiens pour battu, que le ciel les confonde;
Quels vils gladiateurs sur l'arène du monde!
Voilà ce que je crains, ils ne m'avouront pas;
Craindraient-ils de tomber en regardant si bas?
Peu m'importe après tout, je suivrai ma carrière;
Mieux vaut mon sort obscur que leur triste lumière,
Peu m'importe après tout, moi je les haïrai,
Dans l'ombre déguisé, moi je les sifflerai;
Le faible à la vertu veut aussi rendre hommage,
A défaut de talent il aura du courage :
« *Qu'ils tremblent ces faux dieux, dans leur temple insolent,*
» *Je l'ai juré, je veux vieillir en les sifflant.* »
Gilbert n'a pu vieillir! Ressuscitons sa rime,
Et fouettons sans répit tous les héraults du crime;
Cependant que Mormo, le perruquier fameux,
Scandera plus de vers qu'il n'a fait de cheveux;
Que Muzet le profond encore à son libraire
Vendra des vers tout faits dans une pièce à faire;
Et que Barthélemy, le prêcheur *ingénu,*
Aux plus doux sentiments désormais revenu,
Rognant de Némésis les griffes indiscrètes,
A nos marchands d'onguent fera des étiquettes.

FLOGGER,

AUTEUR D'UN ROMAN TOMBÉ.

A UN ÉDITEUR.

Moi je voudrais écrire, oh! qui veut m'imprimer?
J'ai de l'esprit, du feu, je suis sûr de primer;
Mon cœur est innocent, je n'aurai point de bile;
Sur les romans du jour je formerai mon style,
Et puis du sentiment..... Monsieur, réfléchissez,
C'est un terrain tout neuf, vous vous enrichissez :
Qui fait tout pour l'honneur travaille en conscience.
Soumis, je n'irai pas, plein d'ire et de vengeance,
Du mot *impitoyable* affubler vos *ciseaux* :
Ma pièce blesse un prot, tranchez tout jusqu'aux os.
Vraiment, Monsieur Michel, c'est se montrer docile,
C'est du conciliant; mais c'est si difficile
D'avoir un imprimeur, qu'on ne peut trop mentir,
Qu'il faut promettre assez, sauf à ne pas tenir.
Oh! pourtant on en fait, quoiqu'il y ait disette!
Chaque jour un nouveau paraît dans la gazette,
Mais il en faudrait tant! des Dumas par millier,
Et pour Dumas tout seul un imprimeur entier! [1]
   Ils n'absorbent pas rien ces monstres littéraires,
Grand Dieu, quelle pâture il leur faut en libraires!
En attendant Thésée, écrivons manuscrits,
Soyons nos éditeurs, colportons nos écrits;
Allons quêter la gloire en mendiants Bohèmes,
Montrant au lieu d'enfants les vers de nos poèmes;
Allons, menus fretins, et peut-être qu'un jour
Nous deviendrons aussi Tritons à notre tour.

[1] Etrusci quale fuit Cassi rapido ferventius amni
    Ingenium, capsis quem fama est esse librisque
    Ambustum propriis.   (HORACE.)

www.ingramcontent.com/pod-product-compliance
Lightning Source LLC
LaVergne TN
LVHW050255030726
842520LV00006B/2394